からだを洗っていると

高橋達矢

思潮社

からだを洗っていると

高橋達矢

思潮社

装幀　思潮社装幀室

目次

I

II

III

からだを洗っていると

I

からだを洗っていると

からだを洗っていると
父がわたしにとりついてからだを洗っている
くらい世で父がわたしを洗って父自身を洗っている
わたしはもう死に体となってここでからだを洗われている

からだを洗っていると
わたしは息子にとりついてからだを洗っている
あかるい浴室でわたしが息子を洗ってわたし自身を洗っている
二十歳のからだとなってだれのものともわからないわかい性を洗っている

老いたからだからふとい根っこが突きでたり
若いからだから貝殻のような骨がこぼれたり
白い石室でからだを洗っていると
かたちをうしなってまじわっているものがある

ふたり

病室の父はよわっていた
トイレまで歩くのもたいへんだった
見舞いに来た五十の息子は病んでいた
会社まで電車に乗るのもむずかしかった
息子の肩に手をかけ
父はよちよち歩いた
手の重みを肩に受けとめ
息子は小さな歩幅でスリッパをおし出した
ふたりはたがいにすがっているようにみえた

けれど歩いているのだった
父はほうけた声で
もう明日、帰ろうか　といった
息子はこまった顔で
ううん、とだけいった
トイレの前まで来て
すこし　ほっとするのだった
立ちどまると
たがいの添え木としてふるえた
そうして今日も暮れた

となりの病棟にもじつは
おなじようなふたりがいるのだった

透明な叔父

公園は小ぎれいになった
毛布に包まった叔父さんは
しばらく鉄柵の外に横たわっていた
今はそこからもやさしい声で追い立てられる
街路に寝て家郷へ思いをはせた
流れ来たものはばらばらに散らされ
ビニール合羽で覆われ半透明になった
ひと頃より悲惨の水位はあがった
逃げ場がなくて極まった

遠い墓標の地は更地となり
耳栓の人たちは足早に通り過ぎ
叔父さんは叫ぶ顔で透明に蹲っている

におい

においがなくなる
いいにおいがなくなる
陽にひかる少年の髪のにおいも
おっぱいの谷間の花のにおいも

くさいにおいも
ゆくゆくはなくなっていく
捨てられた花の饐えたにおいも
千代田荘で腐乱していた叔父さんのにおいも

においがなくなる
おまじないのようにつぶやいている
においがなくなる　においがなくなる

つまんない考えのにおいも　灰のにおいもなくなって
あかるく　さっぱりしたものになる
あかるく　さっぱりしたものになれ

肺を洗う

看板をよむ
くせがぬけない
国道を
バスは走った

祠のような
バス停を
いくつも
過ぎ

渓流で
肺を洗った
闇を切開し
陽の目をみた
よごれた肺を
べらべら洗った
赤黒い血は
きれいな水に
ゆらめきながれ
下流へうすまり

樹間に
青い空をみた

透ける葉をみた
渡来種の目で
あるいは雑種の目で

背後に
順番を待って
並んでいる人がいた
くらい岩室から
這いあがってきて
何人も何人も
お札をもって
立っている

ゆうちゃんの死

見通しのきかない
村からの曲がり道
十九のゆうちゃんは
改造バイクで減速せず
二トントラックと衝突し
死んでしまった
ゆうちゃんはぼくより四つ上
近所のやさしいにいちゃんで
小学生のころクワガタ捕りに

よくつれていってくれた

雨が小やみになった通夜で
狭い玄関に靴をぬいであがると
お父さんは行方知れず
枕もとにはお母さんが
ひとりおえつにむせんでいた
葬式の日もくもっていた
小屋のような家のまえ
にごった水たまりのまわりに
ヤンキーが二人
ピアスをひからせてうつむき
小声でしゃべっていた
よこに

村の小さなばあさんが三人
腰のまがった地味な姿で
かわいそうにかわいそうにと
子守唄みたいにささやいていた
ばあさんとヤンキーの姿しかない
小さな仄暗いお葬式だった

ゆうちゃんが死んだのは
もうずいぶんまえなのに
見通しのきかない道をいくと
ふいに　あの日のとむらいを
思いだすことがある

中空の老婆

ひろい枯れ野にひとり
くすんだ野良着の老婆が
中腰のかっこうで　用をたしている
かれた風にふかれ
中途半端にかがんだかたち
かれ葉うつしずくの音に
じっと耳をかたむけているのか
くもり空をときおり見あげ
亡児の消息でも　聴こうとしているのか

むら雀のさえずり
ふるい校舎への通い道
なんども見たあの老婆は　もういない
なつかしい老いすがたは
あの中空あたりで　誰を待っているのか
かれ草ふみしだく音とともに
山にむかって畦道をゆくと
ささくれた古畳にちょこんと座り
皺の手を合わせるそのおもかげ
きれいな泪をながし
わたしを洗っている

いないいない婆《ば》

僕のおばあは
いないいない婆あだ
田舎へ行っても
いなかった
生まれた時には
いなかった

父もしらない
おばあの笑顔

生まれてすぐに
亡くなった
父にとっても
いないいない婆あだ

居間の円卓
あかるい縁側
おばあはどこに
いたんだろ?
あごひげさわる
僕と父

いないないする
かわいい婆あは

いつ探しても
いないけど…
空耳に鳴れ
ばあ、という声

母

I

桐の小箱に真綿で包まれ
黒く干からびていたへその緒
どこへいったのかあのものは
どの抽斗にしまってあるのか
小さく包まれたあのものは
母といっしょに消えたのか

2

母は学校へ行きなさいとは云わなかった
ねむり病にかかったわたしの枕もとで
くらい部屋で祈らずに草地に立って仰ぎなさい　と云った
母はもう遠いところにいて会うこともない

お母さん　いまわたしは草地に立っています
あのころは土くれが降っていました
土くれがあたまのうえに降りつづいていたのです
いま　草地に立って仰いでいます
まあたらしい教科書が空に浮かんでいます
鳥がひかりを音読しています

3

泥まみれ陽まみれの兄弟をみまもり
えのころ草のしげみにゆれていたお母さん
ぼくはたよりないけれど
靴はきちんとそろえる大人になりました
あなたの悲は深すぎてまだわかりません

吾妹子

肩のふるえで
笑っているのがわかる
いや　泣いているのか
ホールには
非常口へ走りだしたい
笑い女と泣き女がいる

三十年ほど前
寒い参道で

泣きと笑いをくり返し
おどり走る白い女をみた
毎朝みる駅の清掃婦は
青い制服姿だが
寒い参道の女かもしれない

幼稚園の
バス運転手のおじさんは
耳からけむりを出した
耳から火を出す女もいて
子ゆえの自然発火だった

壺には梅の実が
からだをよせあい

とっぷりつかっている
腐ったりせず
分泌し水をいい色にする

あのころ母は
土偶のまるみでわらった
姉のあかるいまなざしで
わたしはわたしにもどった
おさない夢は
村のピエタをくり返したが
まずしい床に
母と姉にはさまれ
川の字でねむっていた

うしろ姿

杖をついて
もろい骨をはこび
歩いてゆくうしろ姿
背なかはまるくちぢこまり
がに股の脚はかえって長くみえる

年寄りが生きたご先祖さまなら
そのまたご先祖さまを背おい
婆さんは腰が曲がっている

背なかにはご先祖さまが
じゅんぐりに小さくなって
のっかっている

畑にたたずむと
穴うめの重力がはたらき
頭を土にめりこませる
林でみあげると
宙づりの浮力がはたらき
爪さきをうきあがらせる
枯草いろの風にふかれ
死んだ子を踏みかためている
それは母
代々つづくうつむく母たち

土饅頭の背の中には
まだ干からびないものが
あたたかみをおびている
夕餉のことや
孫のことなど包んでは
首のないうしろ姿が
母たちの道をつらなってゆく

II

帰宅

あらすじはきらいだ
たとえば人生のあらすじ
あらすじの途上で
つらい出張から帰り
ぼた餅を食べた
ゆっくり風呂につかった
妻はソファで居眠りしていた
つけっぱなしのテレビ
おやすみ前　子どもが歯をみがく音
みんな　あらすじに抵抗していた

逃亡家族

人さまの車で信号を無視した
「あっ、警察だ」十歳の息子があわてた
「いや、ビルの警備員だ」ハンドルをもつ父がいった
違いを教えてもらって息子はホッとした
逃亡家族は走りつづける
小さなため息をたくさんつきながら

草の上

十六歳の夏
ぶらぶら散歩したつづきで
河辺の草の上に
寝ころんで空をみていた
向こう岸を自転車で走る子供らがいて
その一団から声がこぼれ
「あっ、うごいた、死んでいるのかとおもった」
……そんなふうに見えるなんて、と思い
おしりの草をはらって
また散歩したことがあった

折れ釘

折れ釘こそポエジーと
折れ釘をほおばったら
ほっぺたから突き出てしまった
にきびだらけだったので
痕はめだたなかったけれど

水平線へ

どこまでもつづく電信柱だ、
植物園の大木群だ、ビル建設の鉄柱群だ、
ハリガネの林にハリガネ男が立っている、
筋繊維が何本もむきだしで痙攣している、
冬だ、黒い花火が何発も打ち上げられ、
昼空めがけてひゅうひゅう昇っていく、
苦しいぞ、みんな上ばっかり見てやがる、
首が痛いから、水平線を見にいくんだ、
地球ののっぺりした顔にくっついて。

救いびと

こわい顔で座っているべきときに
おでこに蝶をとまらせるようなひとでしたよ
たんぽぽを植えに来たのですが…と
礫の河原にたたずんでいたりする
まのわるい花咲かじいさんでしたよ
あかるいため息をつくひとでした
罪びとを救いに来たというから
刑務所の上空あたりにいるのかとおもったら
表札の新しい青葉台三丁目あたりを飛んでいます

相聞

いい男なのに　ものを食べるとき
くちゃくちゃ音を鳴らして食べる
いい男なのに　会って話をしたあと
話のなかみを思いだせなくて
くちゃくちゃだけはおぼえている
　こんな自分も　いや

おまえは女をみがくというけれど
お尻をみがいているだけかもしれない
おれはといえばけむりをにぎろうと
やっきになっているけむりなのだ
手があるのかさえ二人にはわからない
半端な二人に手があって合わせても
じぶん自身をおがむのだろう
そんなじぶんらにあいそがつき
ないかもしれない手を二人つなぎ
ときどき遠い光を片手でおがんでいる

宴会場

死ぬ人がわたしにあいさつしてくる
つっ立ったまま
死ぬわたしも相づちをうっている
ビールは明るく淋しい色をしている
かすかにカタカタ鳴りながら
まるテーブルを移動してゆく
エアコンの風が吹いていて
ホールの隅のほうは草地になっている

秋の夕ぐれ

近ごろ秋が短くなった
夏の後すぐ冬がやってくる
年寄りばかりの土地なのに
いつまでも夏でいたい人が
いっきに冬にころげ落ちる
……
さむいばかりの秋の夕ぐれ

はぜる人

はぜる人が赤い顔で立っている
そういえば父もはぜる人だった
はぜた自分の破片を自分で拾っていた
わたしもときどき拾っている
しゃがんで拾っているとにじんでくる
ぬっと立つ影がある

奥の間

四才のてのひらがあり
ほつれ毛の　きれいな叔母さんや
まるメガネの　へんなおじいさんや
おおぜいの大人が　ほてって赤らみ
息をまじえた　この奥の間に
いまわたしは　還暦ちかくなって
ひとり大の字に　からだをひらいている
一年前は　父がじぶんの病歴もわすれ
閑かになっていた　すずしい畳のうえ
古い木目に　ながめられている

蛍のような人

どんなに急かされても
おしりに火がつかない
蛍みたいに灯をともしている
みんなが一斉に腰を上げ
火炎噴射で飛んでいっても
おしりをぽーっとひからせて
舞う曲線でふらふらしている

無名

名前のまわりを虫のように飛んでいる
飛んでいるのは実名のまわりではない
あだ名でもない　芸名や筆名でもなく
法名や匿名でもない
名づけられるまえの　草花のような
ほのあかりのまわりを飛んでいる

III

ちいさな立ち往生

混みあった改札ちかくで
わたしがよけた方向に　その男もよけるから
ぶつかりそうになって
ちぇっと舌うちしたくなる　ちいさな立ち往生

逆からみれば
その男がよけた方向に　わたしもよけたから
たぶんその男にとっても
ちぇっと舌うちしたくなる　ちいさな立ち往生

急いでいるのに　朝のリズムをくるわされ
よどむところに　なにかがあって

……

その男はたぶん　道をゆずる気よわな人
間がわるくて　ときどきドジをふむ人
ちいさな不機嫌を　もらってしまう人

似た者どうしが舌うちしたくなる　ちいさなかなしみに
……どうかお元気で　とつぶやき
職場へ向かった

召し上がってください

だいこんは、根を食べる
アスパラは、茎を食べる
カリフラワーは、花を食べる
わたしは、じぶんの声を、食べてほしい

わたしはこのように生きています
このように生きてきました
このようにしか生きられませんでした
召し上がってください

キッチンから逃げ出したい気もちとたたかって
いつだっておそるおそるさしだすお皿
自信をもって言えたらどんなにいいだろう
召し上がってください、と

空《そら》書き

教室の小学生が
いっせいに片手をあげ

「力」という字を空書きする
支配者へ敬礼するように

「花」という字を空書きする
ふんわり蝶たちが舞うように

「災」という字を空書きする
火の海から助けを叫ぶように

私もいろんな字を空書きしてきた
書いたり消したりをくり返し

目がかすみやすくなったこの頃も
おそらく見えなくなったその後も

空へ向かっておのおの手をあげる
私のなかの老いも若きも

いらつく

忙しいのに
話がおそいのでいらつく
話がおそいのでいらつかれる
いらついていらつかれる
いらつかれていらつく
ふたりは同じ雷に打たれ
つながっている

つながっているので

よく顔を合わせる
定食屋で相席させられる
となりで吊革を握っている
いらついて眉をひそめ
いらつかれて目をふせ
目と眉は近くにいる

近くにいるといらつく
書類がなだれをおこし
こちら側の机上に落ちる
もの食う音にもいらつく
いらつく気配にいらつく
ふたりは同じ島にいて
電話を共有している

共有しているので
待たされていらつく
トイレや洗面台も
ふさがっていていらつく
いらつかれていらつく
ふたりはまるで家族のように
つながっている

秋のゆめ

1

うしろ姿のスカートのおしりをみつめた
かの女は見えない目線もかんじるらしい
うしろ手でおしりをさっと払った
さっきまで仕事の打ち合わせをしていた
秋はなんだか　性もおかしくかなしい

2

ゆめのはしっこに
すっぽんがかみついて
ぶらさがっている
めざめのもやもやあたまのはしっこに
すっぽんは毛がにになって
ぶらさがっている
色のあるゆめだった
たしかかの女が体によりそうゆめ
そのはしっこに
毛がにはなごりおしげに
洗濯バサミになって
ぶらさがっている

3

あたま　わき　へそのした
たいせつなところに毛は生えるというけれど
あたまがハゲたのは
たいせつじゃなくなったということか
つるつるのあたまをなでてみる
いつかおばあちゃんが
かしこいかしこいといいながらなでたあたま
おやじが　ふといゆびでくしゃくしゃにしたあたま
きっと仰天するだろうな
あのふたりが　いま　なでたら

耳の穴

だれかが耳の穴をのぞきこんでいる
ずっとのぞきこまれている
きのう耳掃除をしたからきれいなのに
穴の中に何があるというのか
聞いてみたい気がする
聞きたくない気もする
耳の穴をのぞかれる恥ずかしさ
お尻を見られるほのかなゆかいもなく
たえがたくいつまでものぞかれている

母ではないだれかがのぞきこんでいる
穴の奥までのぞかれている気がする
奥の闇までのぞかれている気もする
何が見えるのか聞きたい気がする
聞きたくない気もする

家庭訪問

ノックは音がひびかない
ききわけのよかったお子さまの
マシュマロの檻
ものわかりのよすぎる親の
あたたかい拷問
（ときどきゲームをしています
あかるい空気ぶくろのかべに
むごい音がぴぽぴぽとはねる
逃げこんだ子はこもったまま

年齢をうしなってふさいでいる
こんなに息苦しいならひと思いに
なんて思わないでくれひとまずは
一寸先の光のゆらめき
まぼろしにすがっても生きてくれ
銀の針でうすい空気をぬいて
手を手に脱出したいのに手がすべる
床に寝ころんでダダをこねた
そんな時もあったと言わせてくれ
今日も姿はおがめず
（お母さんお疲れでしょうご自愛ください
首をちぢめて外へ出る
舗道でふと立ち止まって
ご自愛くださいとは怖いことばを

去り際に言うのはどうかしている
わたしもまたご自愛のなれの果て
ご自愛の三叉路で鼻つき合わせ
やわらかい檻のなか足踏みしている

マグネット

大きな冷蔵庫のドアに
いつのものともわからない紙が何枚も
マグネットでとめられている
毎日近くに立つのに　じっくり見ることもない
数年前までは七人いたけれど
おととし　長女は遠くで結婚し　次女は家出した
きょねん　親父はあの世に逝き　母は中の間で寝たきりになった
ことし　長男はハシシにはまり　冷蔵庫は三人用になった
置きっぱなし出しっぱなしの暮らしはつづき

冷蔵庫の紙も貼りっぱなし
日曜日　かすかにひきよせられ　ドアの紙を見た
長男が高校生だったころの行事表
生活心得十か条　腰痛に効く体操のやり方
次女が小学校のとき描いた妻の似顔絵
それぞれ黄ばんだり色あせたりして
プラスティックのマグネットのほうが目立っている
キティちゃんのマグネット　ポケモンのマグネット
あやつり人形みたいなドクロのマグネット
スペインのなんとかいう教会のマグネット
点々とドアのうえに同居している
子供服色のマグネットたちよ
早口ことばをおしえてあげようか
マグネット　マグリット　マドリッド　マリオネット

……けれどもこれはひとりごと
川原でバーベキューしようか
……というのもやはりひとりごと
冷蔵庫のドアを開けると
きっとあかるい空があらわれる
その空があまりにうつくしいから
ドアは開けない

ハトヤホテル

サラリーマン
なんと昭和のひびきだろう
まもなく死語になりそうな
そろそろ私も消えそうな

伊東のハトヤにふらり泊った
私の生まれ年に建ったホテル
子供のころ見たテレビＣＭが
忘れられなくてそうなった

エレベーターで屋上に出ると
ハトヤという巨大文字の看板
その裏側が一面に錆びついて
傾いた鉄骨で支えられていた

「家族そろって楽しい食事」
四十年のサラリーマン生活
錆びた看板のむこうに
春の海がかがやいていた

帰り途

仕事を終え
　最寄り駅から
自転車をこぐ
　その前を
酔っ払いの自転車が
　右に傾き
左に傾き

用心しいしい

追いこすと
ふいに怒鳴り声
「すまん、俺がわるかった」
腰が浮いた
誰に
謝っているのか
少しいくと
背後でまた
「すまん、俺がわるかった」

酔っ払いは
酔っ払いの
頭の中にいる誰か
に謝っていた

その声が
　あまりに切実で
夜道をこぎながら
「すまん、俺がわるかった」
は鉄扉にひびき
　わたしの中に
繰り返され
　なぜだか
ある人を思い
　わたしも
「すまん、俺がわるかった」
とつぶやき
　　つぶやき
家まで自転車をこいだ

洗いたい岸

1

無色無臭の　風に汚れて　草はふるえる
横のほうから　汚される　だけではない
汚れはうちから　にじんでくる　わいてくる
のっぺらぼうの　心根から　ほとばしる
うつろな空の底　かたい石に坐り　からだを洗っている
みみを　はなを　くちを　くろい泪で洗っている
ひじを　ひざを　くるぶしを　あかい脂で洗っている

2

洗いたい岸で
肋骨をたわんだ指揮棒に　ばらばらの手足でかける
むらさきの百足をまたぎ　後ろ髪つかむ指をほどき
洗いたい岸をしゃにむにめぐる
排水から跳ねる銀の魚をすくい　くさい息を草笛で楽音に変え
行者踊りのような　からだ全体の奇矯なあいさつを
本然の愚かさでなぞる　ふさわしく低いすがたで真似る
ゆくゆく踊るその日のため　絵図のなかをめぐるめぐりつづける

3

水を浄めるからだを　だれももたない
河辺で焼かれる人と汚れてつながっている
燃えてむつみ合い　灰としてまざり合う
水面にゆれるほかげ　死と生のあわい
火で洗われるからだよ

湯の峰

この世にいるのは
ぼくだけなのに
父母がすきまへ
わりこんでくる
病院玄関口のバス停で
父母はもう降りない
ロータリーをゆっくりまわり
草のあいだの国道へもどる

ひからびた眼に

春の野はながれる
呑もうと父は云うが
母はうつむいている
病みがちだった負い目が
だまらせているのか

吊り橋の駅で降り
みどりの息をすう
病者の装束にほほえむ
川でおぼれる子がみえ
ゆうちゃん……
母がはじめて口をひらく

冷凍みかん

にぬき卵
カップ酒
銭湯とひなたぼっこが好きな
父はだめな人
だめなまま抱いていたい母もいて
父の膝が痛む

土から湯が湧いている
いたわしい声が立ちのぼる
坂は這ってのぼり
つぼ湯へは下りてゆく

この掛け湯は父のため
この掛け湯は母のため

しろくにごった湯に
首までつかる
あたたまったからだを
ゆっくりめぐらせる
岩も鼻さきをめぐり
ゆるくめまいへおちていった

病んだまま甦っていいのです

ゆれる葉先と空のすきま
やわらかな銀糸がひかる
つづいてはほどけ
ほどけてはむすぶ
はてのない道行きです

からだを洗っていると　畢

高橋達矢　たかはし・たつや
奈良県葛城市生まれ。
木山捷平短編小説賞（第12回）。
本書は第一詩集。

からだを洗《あら》っていると

著者
高橋達矢《たかはしたつや》
発行者
小田久郎
発行所
株式会社 思潮社
〒一六二―〇八四二 東京都新宿区市谷砂土原町三―十五
電話〇三（五八〇五）七五〇一（営業）
〇三（三二六七）八一四一（編集）
印刷・製本
創栄図書印刷株式会社
発行日
二〇二〇年九月十五日